AF314358

ARATUS ET NICOCLÈS

AUX ENFERS;

DIALOGUES.

PAR CHARLES D'OUTREPONT.

Tel pourrait se faire un honneur immortel en fondant une République ou une Monarchie, préfère d'établir une tyrannie. Il ne s'aperçoit pas combien de renommée, d'honneur, de sûreté, de paix et de repos d'esprit, il échange contre de l'infamie, de la honte, du blâme, du danger et de l'inquiétude.

MACHIAVEL.

PARIS,

A LA LIBRAIRIE FRANÇAISE DE LADVOCAT,

PALAIS-ROYAL, GALERIE DE BOIS, N° 195.

ET CHEZ MARTINET, RUE DU COQ-ST.-HONORÉ, N° 15.

1821.

PRÉFACE.

Les anciens croyaient qu'il était honorable de tuer un tyran, un usurpateur, et par conséquent de conspirer contre lui.

On lit dans le beau traité des *Devoirs* de Cicéron : « Quel forfait plus odieux que le » meurtre d'un homme, et surtout d'un ami? » Est-on criminel cependant pour donner la » mort à un tyran, quelque liaison que l'on ait » avec lui? Ainsi ne le pense pas le peuple ro- » main, qui met cette action au premier rang » des plus généreuses. L'utilité l'emporte donc » alors sur l'honnêteté, ou plutôt elle la fait » passer de son côté (1). »

Montesquieu, qui vivait dans une monarchie

-----

(1) Traduction de M. Brosselard. Voici le texte : « Quod » potest majus esse scelus, quam non modò hominem, sed etiam » familiarem occidere? Num igitur se obstrinxit scelere, si quis » tyrannum occidit, quamvis familiarem? Populo quidem romano » non videtur, qui ex omnibus præclaris factis illud pulcherri- » mum existimat. Vicit igitur utilitas honestatem; imò verò ho- » nestas utilitatem secuta est. » *Lib. tert. cap.* v. Voyez aussi le même livre, chap. xxiii.

presque absolue, n'a pas craint de se couvrir de cette doctrine, un peu trop stoïque selon moi, pour excuser Brutus et Cassius d'avoir poignardé César. « Il y avait un certain droit des gens, » dit-il, une opinion établie dans toutes les répu- » bliques de Grèce et d'Italie, qui faisait regarder » comme un homme vertueux l'assassin de celui » qui avait usurpé la souveraine puissance........ » C'était un amour dominant pour la patrie, qui, » sortant des règles ordinaires des crimes et des » vertus, n'écoutait que lui seul, et ne voyait ni » citoyen, ni ami, ni bienfaiteur, ni père : la vertu » semblait s'oublier pour se surpasser elle-même; » et l'action qu'on ne pouvait d'abord approuver » parce qu'elle était atroce, elle la faisait admi- » rer comme divine. En effet, le crime de César, » qui vivait dans un gouvernement libre, n'était-il » pas hors d'état d'être puni autrement que par » un assassinat ? Et demander pourquoi on ne » l'avait pas poursuivi par la force ouverte ou » par les lois, n'était-ce pas demander raison de » ses crimes (1) ? »

Il est non-seulement permis de désapprouver ces principes, mais je crois même qu'il est utile de les combattre; car, en admettant qu'ils soient vrais, ce que je suis loin d'accorder, ils n'en

____

(1) Considérations sur les causes de la grandeur des Romains et de leur décadence, chap. XI.

sont pas moins dangereux. La vérité peut s'empoisonner en passant par le cœur des méchans. Prêchez qu'il est beau de poignarder un tyran, et bientôt tout ambitieux qui voudra s'emparer du pouvoir souverain, trouvera que l'homicide est le plus saint des devoirs. Il se croira peut-être un héros, et ne sera qu'un scélérat : qualités qu'il ne faut pas confondre, quoique souvent les historiens n'y regardent pas de si près.

Quand Valérius Publicola autorisa le meurtre des citoyens qui aspiraient à la tyrannie, il fit une loi qui pouvait être excusable à l'époque de la naissance de la république, mais qui, dans toute autre circonstance, eût été très-mauvaise. Les lois essentiellement justes ne sont jamais destructives des principes éternels sur lesquels repose l'édifice social. Je crois que cette doctrine est incontestable, mais je n'en devais pas moins faire parler Aratus sur les bords de l'Achéron, comme il parlait à Sicyone.

Sit Medea ferox, invictaque; flebilis Ino,
Perfidus Ixion, Io vaga, tristis Orestes.

Quant à Nicoclès, que Plutarque a condamné à une renommée éternelle, ses principes sont, à peu de chose près, ceux de tous les tyrans qui ont pesé sur la terre, ceux de beaucoup de sophistes qui se croient profonds.

PERSONNAGES.

MINOS.

ARATUS.

NICOCLÈS.

CARON.

Une Ombre.

Plusieurs Ombres, *personnages muets*

ARATUS ET NICOCLÈS

AUX ENFERS,

DIALOGUES.

DIALOGUE PREMIER.

ARATUS, NICOCLÈS *dans l'éloignement*, **CARON,**
Quelques Ombres.

ARATUS.

Veux-tu me recevoir dans ta barque? On m'a in-
humé avec les plus grands honneurs (1), et j'ai ma
pièce de monnaie.

CARON.

Toutes les places sont prises pour vingt passages au
moins. Ma sœur Atropos est bien occupée depuis quelque temps, car les ombres arrivent en foule. Ton tour
viendra : un peu de patience.

ARATUS.

Soit ; j'attendrai.

---

(1) Voyez la Vie d'Aratus, par Plutarque, § LXIII.

CARON.

Il le faut bien. (*Aux ombres qui l'entourent.*)
Allons donc, placez-vous, et partons.

ARATUS.

Un mot. Connaîtrais-tu celui qui est tout seul là-bas?
Il a l'air de nous fuir.

CARON.

Je ne le vois pas.

ARATUS.

Au premier détour du fleuve.

CARON.

Ah !..... c'est le fameux Nicoclès, tyran de Sicyone.

ARATUS.

Nicoclès! En es-tu bien sûr? Qui te l'a dit?

UNE OMBRE.

Moi, et je ne me trompe pas : j'ai connu ce monstre.

ARATUS.

Quelle singulière rencontre!

CARON.

Qu'a-t-elle donc de si étonnant?

ARATUS.

Il faut que j'aille trouver ce scélérat. A tantôt.

(*Caron entre dans sa barque et s'éloigne de la rive.*)

DIALOGUE II.

ARATUS, NICOCLÈS.

ARATUS.

Eh bien , Nicoclès, tu es arrivé enfin dans un monde
où il n'y a point de peuple à opprimer. Que feras-tu
donc pour te sauver de l'ennui d'une existence éternelle, sans perspective honorable?

NICOCLÈS.

Ce que je voudrai. Tes railleries me prouvent que
tu n'es qu'un homme à préjugés. Nicoclès est au
dessus.....

ARATUS.

Nicoclès ressemble beaucoup à un tyran d'exécrable
mémoire et à l'orgueil personnifié.

NICOCLÈS.

Quoique depuis long-temps je ne tienne plus les
Sicyoniens sous le joug, je me souviens toujours de
les avoir vus ramper devant moi. Mais à qui parlé-je?

ARATUS.

Tu me fais pitié.

NICOCLÈS.

Adieu.

ARATUS.

Pas tant de courroux, Nicoclès. Écoute, je vais te

satisfaire. Te souviens-tu aussi d'une nuit qui te fut si fatale (1) ?

NICOCLÈS.

Oui.

ARATUS.

Tu sais qui je suis.

NICOCLÈS.

Aratus ?

ARATUS.

Lui-même.

NICOCLÈS.

Dieux immortels ! celui qui m'a chassé de mon pays me poursuit jusque dans le séjour des ombres, et votre foudre n'est pas dans mes mains pour anéantir ce misérable !

ARATUS.

Ce misérable aura des statues à Sicyone, tandis que ton nom y sera toujours en horreur.

NICOCLÈS.

Le temps les détruira ; mais l'histoire apprendra à la postérité que tu m'as surpris pendant la nuit, qu'abandonné de tous les miens, j'ai dû fuir sans combattre.

ARATUS.

Eh quoi! tu ne vois donc pas que ta chute honteuse te déshonorera à jamais, que bien loin de la défendre, elle accablera ta mémoire? J'ai paru, et tu es resté seul.

____

(1) Vie d'Aratus, § VI, VII, VIII, IX, X.

NICOCLÈS.

Entouré de lâches.....

ARATUS.

Non, mais de satellites fatigués eux-mêmes de ta tyrannie, et qu'un remords généreux a rendus citoyens.

NICOCLÈS.

Ils devaient mourir pour l'homme qu'ils avaient juré de défendre : ce ne sont que des traîtres.

ARATUS.

Dis donc qu'ils ont cessé de l'être en t'abandonnant, car te servir c'était se parjurer. La patrie reçoit nos premiers sermens ; nous ne devons la sacrifier ni à nos propres intérêts, ni à ceux d'un homme qui se met hors de la cité par son ambition criminelle.

NICOCLÈS.

Je te le répète encore : je n'ai succombé que par une infâme trahison que rien ne peut justifier.

ARATUS.

Tout autre que toi se souviendrait peut-être de mon courage.

NICOCLÈS.

Il y en a beaucoup à attaquer un homme qui ne s'y attend pas !

ARATUS.

Tu crois m'abaisser, et tu m'élèves. Le courage qui fait affronter la mort sur un champ de bataille est bien plus commun que la froide intrépidité d'un Harmodius, d'un Aristogiton. Au surplus, je ne m'en défends pas : oui, je t'ai attaqué sans te prévenir de mes desseins, j'ai conspiré contre toi. Ma patrie, la vertu et les Dieux m'en faisaient un devoir.

NICOCLÈS.

Ajoute donc l'ambition. J'ai aussi conspiré, mais je n'ai jamais regardé cela comme un acte de vertu, dans le sens au moins que tu attaches à ce mot.

ARATUS.

Et tu avais raison : tu ne conspirais que pour toi. Quand tu plongeas ton poignard dans le cœur de Paséas (1), voulais-tu délivrer tes concitoyens de sa tyrannie, ou les faire gémir sous la tienne ? As-tu rendu la liberté à ton pays ? Qu'est-il résulté d'une action qu'il dépendait de toi de rendre héroïque ? Paséas mort, tu usurpes l'autorité suprême, tu nous écrases de ton despotisme : la proscription, la terreur plane sur toutes les têtes..... Et tu te serais cru vertueux ! Un conspirateur tel que toi était un grand criminel que tout citoyen avait le droit de tuer. Mais Aratus, dont Sicyone et la Grèce ont célébré les exploits et le civisme antique.....

NICOCLÈS.

Aratus a eu le bonheur de réussir ; voilà ce qui le justifie : le succès fait tout. Si, plus heureux et mieux défendu par ma garde, je t'avais vaincu, les Grecs n'auraient vu en toi qu'un aventurier téméraire, digne

______

(1) Vie d'Aratus, § IV.

du dernier supplice. Ignores-tu que la bonne ou mauvaise fortune décide des réputations sur la terre ?

ARATUS.

Je conviens que les hommes ne sont pas toujours justes ; mais il est des actions si belles que le malheur même ne les flétrit point. Apprends qu'après la gloire de délivrer sa patrie des tyrans qui l'oppriment, rien de plus beau que de l'entreprendre, et qu'ici le succès ajoute peu à la grandeur de l'action. Eh quoi ! nourri comme Aratus sur une terre de liberté si féconde en héros citoyens, quel mauvais génie t'inspira le dessein d'imiter un Hipparque, un Critias ? Tu me parles d'ambition ! Oui, j'en avais sans doute, mais elle était noble et vertueuse ; tu n'as jamais connu cette passion des grandes âmes. Si tu avais pu t'y élever, si ton cœur eût palpité au souvenir des Pélopidas, des Thrasybule, héros dont j'ai toujours adoré la mémoire, tu serais venu te joindre aux généreux proscrits qui attendaient impatiemment à Argos le jour de la vengeance ; mais, brûlé de la soif des fausses grandeurs, tu as mieux aimé être un tyran et vouer ton nom à un opprobre éternel.....

NICOCLÈS.

Écoute-moi, Aratus. Si j'ai eu tort, selon toi, de rappeler avec fierté que j'avais regné à Sicyone, sois donc plus modeste toi-même, et ne me parle pas comme si tu étais encore capitaine-général de la ligue Achéenne. Tu me fais sentir qu'ici nous ne sommes plus que d'impuissantes ombres, car je ne puis me venger de tes discours insolens qu'en écrasant ton orgueil de hautes vérités dont tu n'as jamais soupçonné l'existence. Laisse donc là et ta vaine gloire, et les prétendus héros que tu as pris pour modèles, et l'amour de la liberté, qui, dans ton sens, n'est qu'une ambition vulgaire, couverte du manteau de ce que tu appelles vertu. Ne verras-tu jamais les choses comme il faut les voir ?

ARATUS.

Quoi ! l'amour de la patrie.....

NICOCLÈS.

Un délire.

ARATUS.

La vertu !...

NICOCLÈS.

Une chimère. Demande au tigre qui vient de dévorer sa proie s'il a des remords : voilà la nature vierge ; tout le reste est préjugés (1). Qu'est-ce que l'homme enchaîné par la morale et les lois ? Un être en délire, dupe de ses propres rêves.

ARATUS.

Dis donc une créature qui marche dans la voie que les Dieux lui ont tracée, et se crée un avenir aux Champs-Élyséens.

NICOCLÈS.

Poësie plus ou moins mauvaise : des phrases. Fort de

____

(1) « Une erreur d'esprit, dit le philosophe Diderot, suffit » pour corrompre le goût et la morale. Avec une seule idée » fausse, on peut devenir barbare....... On se fait une âme » petite et cruelle ; le sentiment de la haine s'étend ; celui de la » bienveillance se resserre...... » *Épître dédicatoire du père de famille.*

mes principes, j'étouffai la voix mensongère de la conscience, et résolus de ne mettre aucun frein à mes passions. Bientôt une seule me subjugua tout entier, l'ambition de dominer sur mes concitoyens, mais bien moins pour les opprimer que pour n'en pas dépendre. Les circonstances m'étaient favorables. Depuis un demi-siècle nous n'avions plus qu'un fantôme de république (1). Tu sais que le pouvoir avait passé de la noblesse au peuple, et du peuple à quelques hommes que l'on croit flétrir en leur donnant le nom de tyrans, mais qui, selon moi, sont les seuls qui sentent la dignité de leur être; ils imposent la servitude aux autres, et ne peuvent la supporter. Je tuai Paséas pour être libre.

ARATUS.

N'affecte point dans le crime la grandeur d'âme d'un héros. Tu n'arrachas la vie à Paséas que pour t'emparer de son pouvoir usurpé et opprimer tes concitoyens.

NICOCLÈS.

Non, mais en leur rendant la liberté je perdais la mienne. N'était-ce pas me soumettre aux lois de l'état, à la volonté générale? D'ailleurs, les Sicyoniens, qui avaient courbé la tête avec tant de docilité sous le joug des prédécesseurs de Paséas, ne méritaient pas que je les tirasse d'esclavage. Dignes de mon plus profond mépris, pouvais-je descendre jusqu'à eux et me rendre leur égal? Ce rôle t'était réservé. (*Aratus fait ici un mouvement d'indignation.*) Je vois que tu pen-

----

(1) Vie d'Aratus, § II et XI.

ses qu'il y a des gouvernemens plus ou moins légitimes, plus ou moins convenables à la nature de l'homme les uns que les autres. Comme s'il n'y avait pas autant de monarchies absolues que de républiques ! Comme si tout sur la terre ne se décidait point par la force! Comme si le principe même de la souveraineté du peuple, dont les démagogues font tant de bruit dans quelques villes de la Grèce, était autre chose que la force consacrée en maxime d'état ! Car, que signifie tout cela au fond ? Que cent hommes commandent à dix, qu'un loup dévore un agneau. Conviens donc que force fait droit, et que si un citoyen s'empare de la souveraine puissance dans sa patrie, peu importe par quels moyens, il y jouit d'un pouvoir légitime. Selon moi, *pouvoir illégitime* est une contradiction dans les termes. Force, talens, courage, bonheur, et tout est permis..... (1). Voilà ce que j'avais à te dire. Tu sens que ma carrière politique ne pouvait pas ressembler à la tienne. J'avais envisagé les choses sous un point de vue plus élevé, le seul vrai, le seul qui rende à l'homme et son indépendance primitive, et là conscience de sa nature originelle. Nicoclès n'était pas fait pour imiter comme toi des héros vulgaires et ramper sous le joug d'une multitude toujours méprisable. Tu n'as connu ni l'homme

---

(1) Pourquoi donc, si tout est permis, Nicoclès reproche-t-il à Aratus de l'avoir chassé de Sicyone? Ce tyran est en contradiction avec lui-même, et cela doit être, puisque ses principes sont aussi faux qu'abominables. Nicoclès ressemble à ces prétendus philosophes qui nient la liberté morale de l'homme, et qui ne s'en fâchent pas moins contre ceux qui leur font quelque chose de désagréable.

ni les hommes... Je vois avec plaisir que mes principes t'épouvantent. Tu sens déjà, en dépit de toi-même, que, malgré les acclamations de la Grèce, toute ta vie n'a été qu'une brillante erreur.

ARATUS

Oui, je suis épouvanté, mais c'est pour toi. Quelles horribles maximes! Quel abus de tes facultés! Si tes principes, dignes d'être exaltés dans une caverne de brigands, se répandaient sur la terre, ils saperaient les fondemens de l'édifice social, ils arracheraient à l'homme de bien, opprimé par le pouvoir sans vertu, la seule consolation qui lui reste, sa conscience et la justice des Dieux. Une doctrine que l'instinct moral repousse du cœur humain peut-elle être la vérité? Dis-moi ce qu'il y a de commun entre Epaminondas et le tigre dont tu viens de parler? En te vantant de connaître l'homme, tu le calomnies; tu ne l'as étudié que dans ton cœur. Oui, tu le calomnies, car bien loin de pouvoir être comparé au plus féroce des animaux, on l'insulterait même, toi seul excepté, en le comparant à quelque animal que ce fût. Quel est l'être sensible, autre que l'homme, à qui les Dieux aient donné le sentiment du beau moral, et une affliction vertueuse à l'aspect du crime triomphant? Voilà la barrière insurmontable qui le sépare à jamais et le distingue de tout ce qui respire; voilà ce qui en fait une créature à part sous la main des immortels, et ce qui aurait dû te prouver que la vie dont il jouit sur la terre n'est qu'un mode d'existence, un passage à une autre vie. Car pourquoi les Dieux nous auraient-ils fait sentir ce qui est bien et ce qui est mal, pourquoi enfin nous auraient-ils donné une conscience, si le juste et le méchant devaient être égaux devant eux ? Tout a sa raison dans l'ordre physique, depuis le globe où nous avons vécu jusqu'aux dernières étoiles de la voie Lactée, et tout doit l'avoir dans l'ordre moral ; sans cela il y aurait des conceptions divines qui flotteraient au hasard et sans but : ce qui est impossible. Si l'homme a des yeux pour voir, il a aussi une conscience pour se conduire ; et ce flambeau, trop souvent obscurci par les ténèbres des passions, ne lui a pas été donné en vain : c'est le gage de son immortalité et du sort qui l'attend. Ce n'est pas par préjugé que la vertu dans l'infortune pousse des soupirs vers le ciel, mais par pressentiment ; il semble qu'elle veuille se détacher de son enveloppe mortelle pour s'élancer dans l'Empyrée, sa vraie patrie et sa récompense. Dis-moi si ton tigre *qui n'a pas de remords après avoir dévoré sa proie*, a quelque chose en lui qui révèle à son intelligence une double existence physique et morale ? Dis-moi s'il a cet instinct d'immortalité qui le jette malgré lui dans l'infini et lui fait sentir que sa place n'est pas sur la terre ? Dis-moi enfin s'il s'est jamais élevé de la créature au créateur ? L'homme seul sait descendre dans son cœur, et il y trouve la vertu ou le remords ; l'homme seul sait regarder le ciel, et il y découvre un Dieu. Il faut être un affreux sophiste comme toi pour résister à l'évidence de cette philosophie sacrée, et chercher le juste et l'injuste dans l'estomac d'un tigre. Au surplus, cette comparaison est digne de Nicoclès : c'est ainsi que doit raisonner le crime en délire.

NICOCLÈS.

Non, mais c'est ainsi que doit raisonner un homme

convaincu que le sentiment égare et ne prouve jamais
rien , et que la morale est l'ouvrage de la société. Aussi
ai-je toujours été persuadé que la force fait droit. Je
suis parti de ce principe pour arriver.....

ARATUS.

A l'infamie , et vouer ton nom à l'exécration des
siècles.

NICOCLÈS.

Voilà de grands mots sans doute , mais comme je les
méprise , ils ne m'épouvantent pas. L'infamie dont tu
me menaces sera un jour ma gloire aux yeux du petit
nombre de ceux qui voient au-delà de l'horizon rétréci
des préjugés, et qui se sont fait des principes autres que
les niaiseries morales dont les pédagogues entretien-
nent la jeunesse.

ARATUS.

Ainsi tu crois avoir raison tout seul contre la voix
du genre humain ! L'univers t'accable, et tu le regardes
en pitié ! Les Phocion , les Socrate étaient , selon toi ,
des êtres en délire, dupes de leurs propres rêves......
Que tu serais à plaindre , si tu n'étais pas le plus méprisable des sophistes ! Quant à tes principes politiques,
conséquences nécessaires de ton odieuse morale , ils
sont faux et abominables , puisqu'ils reposent sur une
doctrine erronée qui soulève le cœur. Le peuple , quoi
que tu en dises, est souverain dans les républiques ,
non parce qu'il est le plus fort, car il ne pourrait l'être
que contre lui-même, et cela implique contradiction ,
mais parce que la raison , la justice veulent qu'il le soit.

NICOCLÈS.

Comment cela implique-t-il contradiction ?

ARATUS.

Tu vas le sentir. Une force, comparée à une autre force, n'est qu'une puissance relative ; une plus grande force en suppose toujours une plus petite. Or, il n'y a pas dans le peuple, lequel constitue ici *le tout*, une force moindre que la sienne, car on n'est pas moins fort que soi-même. Ainsi cette force ne pourrait exister que hors *du tout*, et cela est absurde. Le peuple, dans le sens politique, n'est donc pas *le plus fort*, mais il est *fort de sa nature* ; deux choses qu'il ne faut pas confondre. Si tout ce qui existe dans l'univers était Jupiter même, la puissance divine n'en serait pas moins puissance sans doute, mais elle ne serait pas une *plus grande puissance.* En un mot, *le plus* suppose toujours la possibilité *du moins* ; et, dans la question que nous agitons, *le moins* est impossible, car le peuple, qui est *le tout*, a nécessairement en lui toute la force, et hors de lui il n'y a rien.

NICOCLÈS.

Quel sophisme ! Tu raisonnes ici sur le peuple comme s'il était un tout indivisible. Ce que tu viens de dire serait vrai, si dix millions d'hommes, plus ou moins, n'avaient qu'une tête, qu'une volonté, mais il n'en est pas ainsi. Supposons qu'à l'époque de la fondation de la république d'Athènes, cinquante Athéniens seulement eussent voulu être gouvernés par des rois héréditaires, n'est-il pas évident que ces cinquante Athéniens auraient été forcés de céder à la volonté générale, mais non unanime ?

ARATUS.

Oui.

NICOCLÈS.

Or, céder n'est-ce pas être le plus faible, et triompher, être le plus fort? Il peut donc y avoir dans le peuple deux forces inégales, et alors celle de la majorité des citoyens fait loi.

ARATUS.

Cela doit être, car il serait injuste que le plus petit nombre réglât tout dans l'état.

NICOCLÈS.

Juste et injuste sont pour moi des mots vides de sens. Si le plus petit nombre pouvait enchaîner le plus grand nombre, il en aurait le droit, par la seule raison qu'alors il serait le plus fort. La prétendue légitimité morale du pouvoir populaire n'est donc qu'une légitimité physique, la force. Il est impossible de donner une autre base raisonnable.....

ARATUS.

Tu oublies le droit naturel, antérieur à toute convention. La raison ne dit-elle pas que les hommes, réunis en société pour leur bonheur commun, ne doivent avoir d'autres lois que celles qu'ils font d'un commun accord (1)? Et j'entends par-là le consentement de la majorité des citoyens. On peut quelquefois em-

---

(1) Aratus ne dit pas qu'ils font *eux-mêmes*, parce que n'ayant aucune idée du gouvernement représentatif, ce serait de sa part une espèce de pléonasme, ou bien il aurait tort; car il est physiquement impossible, dans un grand État, que le peuple prenne part à la législation autrement que par ses représentans. Le principe d'Aratus est vrai pour toutes les nations, mais il n'est pas applicable partout de la même manière.

ployer la force pour faire valoir son droit, mais force ne fait jamais droit (1). Nier cela, c'est ne donner aucun sens raisonnable au mot *droit*, c'est prétendre qu'une moralité peut résulter d'une puissance physique, et par conséquent qu'un fils a le droit d'égorger son vieux père parce que ce vieillard est le plus faible.

NICOCLÈS.

Je ne dis pas cela. Tu appliques à la morale particulière un principe qui n'est vrai qu'en politique.

ARATUS.

Ta distinction est inadmissible, car pourquoi serait-il plus permis de renverser par la force un gouvernement légitime, que de commettre un parricide?

NICOCLÈS.

Pourquoi? Parce que des conventions, fondées d'ailleurs sur un sentiment naturel......

ARATUS.

Des conventions fondées sur un sentiment naturel! Il y a ici contradiction dans les termes. On n'a pas be-

---

(1) « Tous ayant un droit découlant de la *même* origine, dit » le célèbre abbé Sieyes, il suit que celui qui entreprendrait » sur le droit d'un autre, franchirait les bornes de son propre » droit; il suit que le droit de chacun doit être respecté par » chaque autre, et que ce droit et ce devoir ne peuvent pas ne » pas être réciproques. Donc le droit du faible sur le fort est le » même que celui du fort sur le faible. Lorsque le fort parvient » à opprimer le faible, il produit effet sans produire obligation. » Loin d'imposer un devoir nouveau au faible, il ranime en lui » le devoir naturel et impérissable de repousser l'oppression. » *Procès verbaux de l'Assemblée constituante*, t. II, n° 53.

soin d'établir en principe que telle ou telle chose sera ,
quand cette chose est gravée dans le cœur de tous les
hommes. C'est comme si l'on disait : *Convenons entre
nous que le soleil nous éclairera.* Ce n'est pas par convention que les mères aiment leurs enfans , que la trahison est odieuse, qu'il est beau de secourir l'huma-
nité souffrante , et que les hommes haïssent la tyrannie ;
c'est par nature. La morale , base inébranlable des
lois primitives , est donc un sentiment naturel , et voilà
pourquoi elle est la même chez tous les peuples (1). De
cette source sacrée découlent les devoirs de l'homme
et du citoyen.....

NICOCLÈS.

Cette source sacrée n'est que l'intérêt personnel.

ARATUS.

Peu importe : l'intérêt personnel est une loi de nature. Voudrais-tu des effets sans causes ?

NICOCLÈS.

Non , mais j'ai eu raison alors d'écouter cet intérêt
et d'agir en conséquence. Pourquoi aurais-je dû trouver mon intérêt dans celui des autres ?

ARATUS.

Parce que tu ne vivais point isolé dans les bois comme

---

(1) Je sais bien qu'il est permis à Constantinople d'avoir plusieurs femmes , et qu'à Paris *la polygamie est un cas pendable;*
mais ces différences ne tiennent point à la nature de l'homme.
La vraie morale est uniforme sous toutes les latitudes; et à
Constantinople comme à Paris, il est beau d'être charitable ,
d'aimer son prochain, et de ne jamais faire aux autres ce que
nous ne voudrions pas qu'ils nous fissent.

une bête sauvage. Si tous les hommes pensaient comme toi, l'édifice social croulerait, et c'est une preuve de plus que ta doctrine est aussi fausse que désolante, car l'homme est nécessairement un être sociable. Il vit en société parce qu'il devait y vivre. Pourquoi serait-il le seul être sensible sur la terre qui se fût prescrit une existence contraire à son instinct? Autant vaudrait-il prétendre que les animaux, qui sont aujourd'hui carnivores, étaient primitivement destinés à se nourrir d'herbes et de fruits, mais que s'étant habitués peu à peu à manger de la chair vivante ou morte, pour laquelle ils avaient de la répugnance, ils sont enfin parvenus à changer leur nature à force de la combattre : chose souverainement absurde et par conséquent inadmissible. Or, si l'homme est un animal sociable, non parce qu'il veut l'être, mais parce qu'il doit l'être, les idées de justice et d'honnêteté sont aussi inhérentes à sa nature bien ordonnée que son instinct de sociabilité, puisqu'elles en découlent nécessairement : sans morale, point de société possible. Ainsi les notions du *vrai bien* et du *vrai mal* ne sont point arbitraires. La vertu n'est pas de convention humaine, car il ne dépendait pas de l'homme de convenir que le crime serait la vertu, c'est-à-dire, de changer sa nature. Le BIEN est BIEN comme un cercle est un cercle, comme une ligne est une ligne, comme la lumière est la lumière (1). Si de fatales passions n'eussent point étouffé en toi la voix du sentiment, raison du cœur et qui nous trompe bien moins que l'autre, tu n'aurais jamais douté de la vérité

____

(1) « Ipsum enim bonum, non est in opinionibus, sed in natura. » *Cic. de Legib. lib. I.*

de ce principe. Tu n'es devenu scélérat qu'à force de combattre ta conscience originelle, qu'en travaillant contre toi-même pour te corrompre ; mais tes premiers remords auraient dû te faire pressentir la justice des Dieux, et t'arrêter sur le bord de l'abîme.

NICOCLÈS.

Tu as ta manière de voir et j'ai la mienne. Au surplus, je ne crains pas les Dieux, car je n'ai aucune idée de leur justice. On dit sur la terre qu'ils punissent le crime et récompensent la vertu ; mais si, comme j'en suis persuadé, il n'y a ni vertu ni crime, ils ne peuvent ni récompenser ni punir. L'homme a peuplé le séjour éternel d'êtres semblables à lui ; des prétendues perfections humaines il a fait des perfections divines ; il a enveloppé l'Olympe dans la sphère de ses idées. C'est ainsi que nous disons que les immortels sont justes, parce que nous avons inventé la justice, et qu'ils punissent ce qu'on appelle *les méchans*, parce que nous les punissons sur la terre. Erreurs, préjugés, folie, voilà toute la sagesse humaine. En un mot, l'histoire des Dieux est notre propre ouvrage, et le peuple seul y croit ; les lois sont de convention, et les sots et les faibles seuls s'y soumettent ; et la morale des philosophes, hypocrites ou imbécilles, est un code absurde qu'un homme tel que moi devait fouler à ses pieds (1).

---

(1) Je sais bien que quelques-uns de ces écrivains dangereux qui ont soumis la morale à l'analyse la plus fausse et la plus désespérante, n'ont jamais osé aller aussi loin dans leurs conséquences que Nicoclès, mais tout ce que dit ce grand scélérat n'en découle pas moins de leurs principes ; car il est de la cer-

ARATUS.

Quel orgueil dans le crime ! C'est le comble de la dépravation. Malheureux ! Et tu ne crains pas que les Dieux..... ?

NICOCLÈS.

Craindre !.., Je vois seulement que nous ne mourons pas tout entiers, et que nous sommes ici sur les frontières d'un monde qu'on ne peut connaître que quand on y est : personne n'en est revenu pour nous apprendre ce qui s'y passe. On nous parle d'un Minos, d'un Tartare, d'un Élysée, mais rien ne prouve que tout cela existe (1). Quoiqu'il en soit, je suis tranquille sur mon sort. N'ai-je pas suivi les inspirations du génie que les Dieux m'avaient donné ? Pouvais-je ne pas être moi ? Pouvais-je me soustraire à ma propre organisation ?

ARATUS.

Sophisme des matérialistes qui prétendent aussi qu'en mourant nous descendons tout entiers dans la

---

nière évidence que nier l'existence de Dieu, le bien et le mal absolus, le juste et l'injuste absolus, c'est établir en point de doctrine toutes les horreurs que Nicoclès débite ici avec tant d'assurance.

(1) Nicoclès n'ayant pas encore passé l'Achéron, peut douter (surtout avec son caractère, qui malheureusement n'est point hors de la nature), peut douter, dis-je, de l'existence de Minos, de la récompense des bons et de la punition des méchans ; car, selon la Mythologie, on ne voyait le Tartare ou les Champs-Élysées qu'après avoir comparu devant Minos, Eaque ou Rhadamanthe. Aussi Nicoclès dit-il : *Nous sommes ici sur les frontières d'un monde, etc.* Je prie le lecteur de ne pas oublier le lieu de la scène.

tombe. Tu vois cependant aujourd'hui que, malheureusement pour toi, ces grands philosophes sont bien loin de la vérité. Tu apprendras aussi au tribunal des immortels que l'organisation physique ne fait ni la vertu ni le crime : on est toujours honnête homme quand on veut l'être. Ne t'appuie donc pas d'une doctrine mensongère pour rejeter ton abominable vie sur les inspirations du prétendu génie que les Dieux t'avaient donné. Il est absurde et impie de croire que la puissance éternelle crée des scélérats involontaires. Elle t'avait donné la raison pour connaître le bien et le mal, la conscience pour aimer l'un et haïr l'autre, la volonté pour faire l'un des deux, et la liberté morale pour t'en laisser le choix. Mais tu es parvenu à étouffer en toi la voix du sentiment à force de lui résister, et alors ton esprit ténébreux n'a plus enfanté que les affreux sophismes qui t'ont perdu, et dont les Dieux sont innocens.

<hr>

DIALOGUE III.

ARATUS et NICOCLÈS *dans l'éloignement*, CARON.

CARON, *d'une voix forte.*

Caron vous attend.

ARATUS *à Nicoclès, en s'avançant le long du fleuve.*

Entends-tu ces terribles accens? C'est la voix des Dieux qui tonne sur ta tête. Minos va nous juger, et ma patrie est vengée.

NICOCLÈS.

Tu entends ce que tu veux entendre. Quant à moi,
je n'entends que la voix d'un batelier.

CARON.

Payez-moi chacun votre passage, et entrez dans ma
barque.

NICOCLÈS.

Partons tout de suite.

CARON.

Tu me parais bien pressé.

ARATUS.

Il ne devrait pas l'être.

NICOCLÈS.

Pourquoi?

ARATUS.

Tu oses me le demander!

CARON *à Nicoclès.*

Il est vrai que j'ai passé de l'autre côté de l'Achéron
beaucoup d'ombres qui ne faisaient pas ton éloge.

NICOCLÈS.

Partons, te dis-je, et plus de propos. Je ne t'ai
pas payé pour t'entendre bavarder.

CARON.

De la mauvaise humeur!

NICOCLÈS.

A qui n'en donnerais-tu pas, vieil imbécille?

CARON.

Vieux, soit; imbécille, peut-être, mais je n'aime

pas qu'on me le dise. Encore une injure, et je te jette hors de ma barque : tu arriveras alors comme tu pourras.

ARATUS.

Tu le servirais mieux que tu ne crois.

CARON.

J'entends.

NICOCLÈS.

Partirons-nous enfin ?

CARON.

Oui.

NICOCLÈS.

A la bonne heure.

(*Un moment de silence.*)

ARATUS *à Caron.*

Tu vas comme le vent.

CARON.

Ne suis-je pas vigoureux pour un vieillard ?

ARATUS.

Ta vieillesse est presque aussi extraordinaire que ta naissance. On dit là-haut que tu es fils de l'Érèbe et de la nuit.

NICOCLÈS.

Quelle absurdité !

CARON.

Si tout ce que l'on ne comprend pas est absurde, j'avoue que tu as raison ; mais j'existe, et peu m'importe de savoir.... Nous sommes déjà au milieu du fleuve.

(*Un moment de silence.*)

ARATUS.

Quel moment, Nicoclès !

NICOCLÈS.

Je ne crains rien. Te flatterais-tu de m'avoir persuadé ?

ARATUS.

Non, mais tu le seras bientôt.

CARON.

Le voyage n'a pas été long. Encore un coup de
rame.

ARATUS.

Nous arrivons à bon port. Adieu, Caron.

CARON.

Adieu pour toujours. Je retourne à mon poste ; je
vois d'ici des ombres qui m'y attendent.

*(Caron traverse le fleuve, et Aratus et Nicoclès
se présentent devant Minos.)*

DIALOGUE IV.

MINOS *sur son tribunal,* **ARATUS, NICOCLÈS.**

ARATUS à Nicoclès.

Doutes-tu encore de l'existence de Minos ?

NICOCLÈS à part.

Y aurait-il une justice éternelle ?...

MINOS à Nicoclès.

Ton nom.

NICOCLÈS.

Nicoclès de Sicyone.

MINOS.

Comment oses-tu comparaître devant le tribunal
des immortels sans baisser les yeux?

ARATUS à part.

Ah! ma conscience était d'inspiration divine.

NICOCLÈS.

C'est que je suis convaincu que leur justice n'est
pas celle des hommes. Tout est préjugés sur la terre;
ici, tout est vérité.

MINOS.

Quoi! tu n'as pas même de remords?

NICOCLÈS.

Pourquoi en aurais-je? De profondes méditations
sur la nature de l'homme m'ont élevé au-dessus des
opinions vulgaires. Mais j'ai lieu d'être étonné qu'un
prince dont la sagesse.....

MINOS.

Tais-toi. La perversité de ton cœur a corrompu ton
génie.... Si ta doctrine n'eût été pour toi qu'une vaine
théorie sans conséquences criminelles, ma justice serait
à ton égard plus indulgente que sévère; elle aurait
pitié de ton délire, et te pardonnerait les rêves déplo-
rables de ton cerveau malade. L'erreur innocente et
involontaire trouve grâce aux pieds des immortels,

mais le crime y est foudroyé. Les ambitieux qui ont écrasé leur patrie sous un sceptre de fer, ne paraissent devant moi que pour y entendre gronder la foudre vengeresse. Apprends, malheureux, que la liberté est de droit naturel pour tous : tu devais le sentir dans ton cœur. Apprends que la vertu n'est point un préjugé : tu devais le sentir dans ta conscience.

NICOCLÈS.

Je suis perdu. Fatal aveuglement! (*A Aratus, avec fureur.*) Et tu triomphes!!.....

MINOS.

Va dans le Tartare où les Furies t'attendent....., Et toi, qui es-tu?

ARATUS.

Aratus, empoisonné par un roi de Macédoine (1).

MINOS.

Les immortels et la postérité te vengeront..... Citoyen vertueux, libérateur de ta patrie, ennemi des tyrans, tu mérites la statue que Sicyone va élever à ta gloire. Puisse la Grèce produire encore long-temps des hommes qui te ressemblent! Entre dans les Champs-Élysées, et que ta félicité y soit éternelle et pure comme la réputation que tu laisses sur la terre. C'est la volonté des Dieux.

FIN.

(1) Philippe v. Voy. la Vie d'Aratus, par Plutarque, § LXII.

IMPRIMERIE DE DAVID.